Para Ella a quien amo infinitamente.
Gracias por ese magnífico dibujo
hecho ya hace algún tiempo…

Gracias también a Cosma
y a Angélique que dibuja, muy bien,
lo que nadie ve.

DIBÚJAME UN PRINCIPITO

Título original: *Dessine-moi un petit prince*

Texto e ilustraciones: Michel Van Zeveren
© 2017, *l'école des loisirs*, París

Traducción: Nadxeli Yrízar

Esta edición se ha publicado según acuerdo con Isabelle Torrubia Agencia Literaria.

D.R. © Editorial Océano, S.L.
Milanesat 21-23, Edificio Océano
08017 Barcelona, España
www.oceano.com

D.R. © Editorial Océano de México, S.A. de C.V.
Eugenio Sue 55, Polanco Chapultepec
Miguel Hidalgo, 11560, Ciudad de México
www.oceano.mx
www.oceanotravesia.mx

Primera edición: 2017

ISBN: 978-607-527-404-1
Depósito legal: B-24250-2017

IMPRESO EN ESPAÑA / *PRINTED IN SPAIN*
9004350011017

Michel Van Zeveren

Dibújame un principito

OCEANO travesía

En la clase de Corderito,
uno de sus compañeros
dibuja muy bien.

¡Guau!
¡Chicos, vengan a ver!
Nuestro amigo dibujó
al Principito.

¡Qué genial!

Los corderitos se acercaron
y exclamaron:

¡Guau!

¡Genial!

¡Qué genial!

Después, todos regresaron a su lugar,
salvo Corderito.

¿Me dibujas un principito?
Por favor...

Entonces, los demás corderitos
también se acercaron.

¡Síííií, a mí también!

¡Dibújame
un principito!

¡Dibújame
un principito!

Pero el corderito no tenía
ganas de dibujar tantos
principitos, así que les dijo:

¡Dibújenlo ustedes mismos!

Los corderitos regresaron una vez
más a sus lugares y se pusieron
a dibujar principitos.

Todos menos Corderito,
pues no sabía dibujar.

Soy malísimo....

¡Pobre Corderito!
Esa tarde regresó a su casa
sin ningún dibujo.

Pero en el camino
se le ocurrió una idea...

Mamá,
¿podrías dibujarme
un principito, por favor?

Mamá Cordero
lo pensó un momento...

¡Oh, oh!

¡Ja,
ja,
ja!

¡Yo siempre fui muy mala
para dibujar!

Está bien…
¿Conque un principito, eh?

¡Pero **todo el mundo** dibuja principitos!

¡Ja, ja!

Sería mejor dibujar algo más original ¿no crees?

Mmmm...

Tienes razón.
Mejor ¡dibújame
un caballo!

Bueno, está bien.

A ver…

¡Aquí lo tienes!

¿Eso es un caballo?

No. Es la piedra junto
al pie del caballo.

Yo prefiero dibujar
lo que la gente no mira.

Corderito abrió mucho los ojos
y observó a su mamá.

Hay que mirar el mundo de otro modo,
¡eso lo hace más bonito!

¿Lo ves?

Corderito volvió a ver
su dibujo y exclamó:

¡Guau!

¡Está genial,
mamá!

Al día siguiente, Corderito contó todo
a sus compañeros y cuando enseñó
el dibujo le dijeron:

¡Guau!
¡Tu mamá es genial!

Entonces, todos los corderitos se pusieron
a dibujar aquello que nadie ve.

Todos menos Corderito.

Porque Corderito no sabía dibujar.
O al menos, eso es lo que él creía.

¡Ufff!
¡Soy malísimo!

Lo único que podía ver era esto:

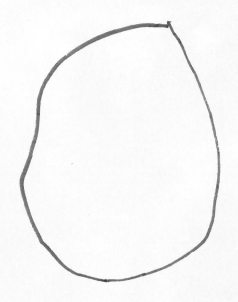

¡Un cero enorme!

Entonces, Corderito tomó su lápiz
y dibujó un enorme cero.

Pero entonces también vio esto:

y esto,

y esto...

... y también esto:

De pronto un corderito
se acercó a preguntarle:

¿Qué estás dibujando?

¿Eh?... nada.

¿Y eso qué es?

Pues... cosas
que imaginé.

¡Oigan! ¡Chicos!

¡Vengan a ver el dibujo de Corderito!

¡Miren!

¡Corderito dibujó todas las cosas
que vio en su cabeza!

¡Guau!

¡Eso es todavía más genial que lo genial!

Esa tarde, Corderito se fue corriendo
a casa para mostrar a su mamá
el dibujo que había hecho.

¡Guau!
¡Fantástico!
¡De verdad
está muy bonito!

Mira nada más....

¡Eres el rey
del dibujo!

Sí, bueno...
aunque no hay que
exagerar, mamá.

Mmm...

Entonces,
¿podríamos decir que eres
el principito del dibujo?